JN240629

待ち合わせ

赤井宏之 詩集

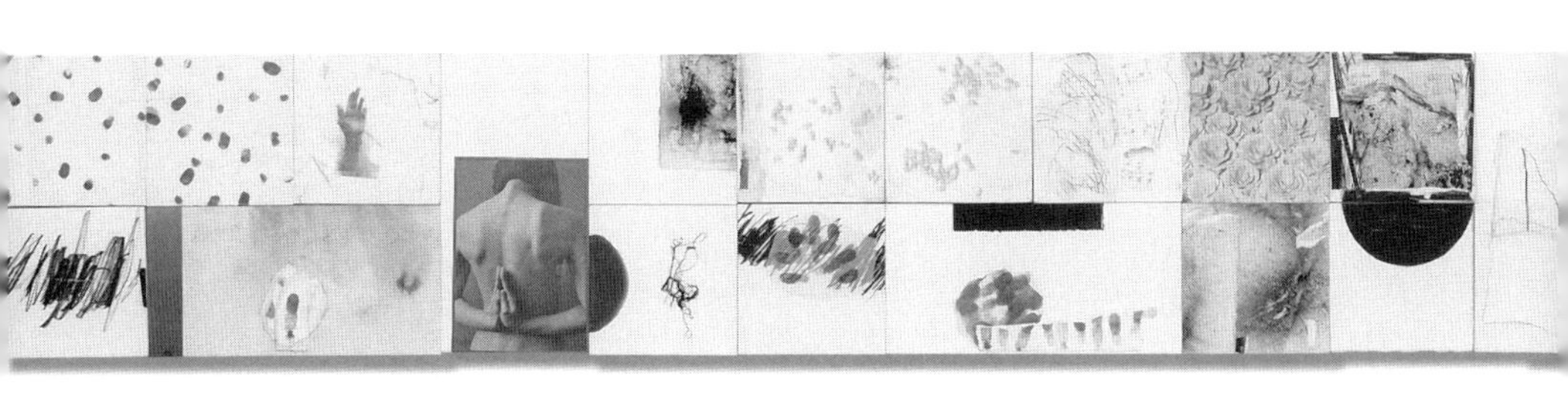

編集工房ノア

「待ち合わせ」　目次

□

□□

装画・装幀　松田　彰

親友

二十五年学んで二十五年働いて
あとの二十五年は好きに生きたい
余命二十五年と勝手に決めて
友は潔く五十を過ぎて職を辞した

六十五まで働いて死んだ父を教訓に
僕は五十五歳で週三日勤務を選んだ
毎週ゴールデンウィークだ

週四日休みの僕がサンデー毎日の友を誘い
落語、文楽、ハイキング、龍野へ旅行と楽しんだ

金より暇やと豪語し
暇があっても金がないようになっては困るなあと呟く
友よ
食べられる野草を教えよう
食べられるキノコを伝授しよう

六月

いたわり合うように中年夫婦が走り去ったあとで
「パパ！　もう帰ろ」という声がして
「もう少しだけ」となだめるパパの声がして
どうやら一緒にジョギングしてほしいパパなのだ

第二京阪道路の下に自由な空間ができて
犬だって
新しい散歩道を喜んでいる

フェーン現象が体温に近い暑さをもたらした一日
梅雨のさなかのじめじめとした夕暮れ
ヤマモモ実る通りを抜けて家路を急ぐ

ゆっくりと湯舟につかり
「一日の仕事の終わりには一杯の黒麦酒」
今は亡き清冽な女流詩人の一節をくちずさみ
美しい六月の村を思う

米朝　口まかせ

八十四歳の米朝さんは
何よりも舞台にはいつまでも出たいものなんです
高座に上がるとなれば
今でもワクワクしまっさかいなあ、とおっしゃる

還暦まであと二年半
三十五年間　黒板を背にしてきた僕は
一日でも早く教壇から逃げ去りたいのだ

違いは木戸銭にある
払った金以上に楽しもうとする客の前では
僕だって、僕だって、と思うのだ

まあ前の席で英単語を覚えていた生徒の机を
思いっきり蹴り上げた日、授業料の無償化だなんて
全くもって腹立たしいと思うのだ

授業評価

五月のその日、埼玉のとある高校では
朝から職員室の空気はよどみ
先生方の顔には蜘蛛の巣が張り付いていた

「授業はわかりやすいですか？」
「黒板の字は読みやすいですか？」……
何ゆえ目下の者から五段階評価を受けねばならぬのか
自ら用紙を配布し、集計された平均値を他と比べて何になるのか

翌年四月、銀行出身の管理職が赴任し
このシステムを廃し、先生方の喝采を浴びた
成果主義や授業評価が学校現場になじまないことを
民間人校長はわかっていた

つい先日耳にした、実に愉快な話だ
「民間人校長もまんざら捨てたもんじゃない」
話の主は皮肉っぽく付け加えた

待ち合わせ

待ち合わせがしたいねん
携帯なんか持たへんねん
西口か東口かも言わんとウロウロし
相手の姿を見つけて駆け寄り
「待ったあ？」
「いいや今来たとこや！」

なあて一緒にどっか行こ

一緒に行けたらどこでもええし
待ち合わせがしたいねん
お弁当には餃子の皮でくるんだチーズを揚げて
ちくわの穴にキュウリを詰めた一品添えて

なあて待ち合わせがしたいねん
あの時待ち合わせしたやん
あんた来てくれたやん

本日の通信簿

焼き肉屋で愛想のいいお姉さんから
「よろしかったらご記入頂けないでしょうか」と
「本日の通信簿」と題されたアンケート用紙を配布された

「本日はどなたとご来店されましたか？」
4の男性同士に○を付けながら
次回は3のカップルに○を付けたいものだと思ったりもしたが
誰と来ようとほっといてくれ

お料理の美味しさは、接客態度は、お値段は、などと
いちいちお伺いを立てないで自信を持って黒毛和牛で勝負してください

近々僕の勤める高校でもいちいち生徒様に
サービス向上の参考にさせていただくために
アンケートに御協力願い、毎月抽選で割引券をお送りするらしい

僕の授業中の声はあなたの眠りを妨げるほど
大きくはなかったでしょうか？

メモ書き

スチール机の引き出し右すみに
メモ用紙が何年も捨てられず残っていて
「お話したいことがあります」と書いてある

差出人は養護教諭の女性
そのころ僕のクラスの男子生徒が不登校ぎみで
話したいことの内容もほぼ推察できた

にもかかわらず
僕は曲解しようとやっきになった
「お話したいこと」を聞きながら
親身になって相談に応じ
あわよくば何かしらの秘め事を共有しようとさえ思った

案の定「先生のクラスのK君のことで」と話は始まり
「実はこのところ僕も気になっていたのですが」と応じて
K君の今後について語り合った記念のメモ書きだ

幼なじみ

僅かばかりの秋の果実を持って
司法書士事務所を訪ねる
「その後奥さんは？」
「ああ元気になった」
「内の奴も今のところ二カ月に一回の通院ですんでいる」
放射線を浴びた奥さんを案じ、妻の快方を伝える

小学生の頃、少し遠い彼の家に遊びに行くのが楽しみだった

原っぱで野球をするのが楽しみだった

五十年の時を経て白髪頭を掻きながら
僕たちは少年時代のハナシした
食用ガエルのオタマジャクシは彼の秘密の場所にいた

事務所机に置かれた飴を「一つもらうよ」
「ああ幾らでも持って行って」
言われて僕は「二つ」ポケットに入れる

一月の公園

目の前を童女が駆け抜ける
「やりさしてー」と叫んで駆け抜ける
「やらせて」ではなく「やらさして」でもなく
「やりさしてー」が蛇行する少年を追って行く

コンビニ袋で拵えた凧が風に揺れ
二本の尻尾が一月の風に揺れ
四本の足も左右に揺れて

公園の砂は舞っている

「食べさし」「読みさし」「言いさし」「やりさし」
何事も中途半端で、やり残したことの多い僕に
「やりさしてー」の声がまとわりついて離れない

六十近くにもなって、やり残したことの多い僕ではあるが
今更ながらの僕ではあるが「槍刺してー」
貫き通したいものはある

口癖

あのー　教職員の皆さんに　ですね
申し上げたいことは　ですね
正規の通勤手段でないと　ですね
不利益を被るのは　皆さん方ご自身だ　ということ　ですね
と、事務長は「ですね」のジャブを繰り返す
健康の為に一駅前から歩いている僕は明日からも歩きたい

あのー　今も　ですね

余震が　ですね　続いて　ですね
と、実況アナウンサーが言い淀んでいるうちに
津波が一気に町を呑み込み　車を笹の葉のように流し去り
船舶までも山裾に押し上げた

ｄｅａｔｈ　ｄｅａｔｈ　ｄｅａｔｈ……
見つからぬ亡骸　数え切れないｄｅａｔｈ　ｄｅａｔｈ……
無念の　ｄｅａｔｈ　ｄｅａｔｈ　ｄｅａｔｈ……

若竹そば

映画の半券で十％割引に誘われて
一人「家族亭」に入り
若竹そばを注文すると
ミニ竹の子御飯のサービスは
「ご好評につき終了しました」とは驚いた
好評ならば続ければいいのに、がっかりだ

採算が合わないくらい竹の子が値上がりしたのか

それとも誰も注文しなくなったのか
いや、ただ単に
竹の子の旬が終わったということだろう

僕の授業も近日
「ご好評のうちに終了します」
店じまい売りつくしセールのあとに
新装開店の予定はありません

許容範囲

時間割変更があって
「古典なんかあったんか」とほざいた生徒を
「お前なんか教えたくない」と怒鳴りあげたくなったのだ

「叱ることと怒ることは違います」
わかってはいるけれど、ここ数年怒りっぽくなった僕を
どなたか優しく叱ってはくれまいか

歳をとると許容範囲が狭くなる
若い頃は真剣な眼差しの一人二人
見つかるだけで満足だった
近頃はダラーとした生徒が一人二人
教室にいるだけで腹が立つ

生徒たるもの
肉食鳥のような鋭い目を開けたまま
居眠る技を会得せよ

対話

年をとると許容範囲は広くなりませんか
孫とまではいきませんが
可愛らしいもんですよ、生徒さんは

はあ、でも、もう飽き飽きしました
自分の知っていることばかり伝えて
何になりましょう

あら、そんなこと仰ってはいけません

教える相手は毎年変わります
ですから、もう飽き飽きしました、と……

嘘でしょ
あなたは教壇が好きなのです
生徒さんが好きなのです
間違いなく　間違いなく

間違いなく……

世間体

児童公園の金網の
「暗くなるまで遊びません」を見て、一休さんなら
暗くなってから遊びに出かけるだろう

京田辺に住む卒業生と、酬恩庵一休寺の門前で
「待ち合わせ」しましょうと話が決まった

入学早々、校門に立ち並ぶ教師の群れを見て
「あんなに多くの先生の指導が要る高校なのか、と

通りがかりの人から思われますよ」
初めてクラス担任を持つ僕に十五歳が忠告した

五十を前にした彼女と
「世間体」をテーマに話し合ってみよう

今の高校はね、かなり偏差値の高い高校でもね
校長先生御自ら校門にお立ちになって
元気一杯「おはよう」と声をかけておられます

でもしか

しんどい学校を経験してきた先生は
「この学校は甘い」と言う
生徒が昼休みにコンビニに行こうものなら
「昼の立ち番をしましょう」と変にいきりたつ
したけりゃ自分一人ですればいいものを
「当番制にしましょう」と声を大きくし
平気で人の時間を削りたがる

僕なんざあ、甘い学校で育ったものだから
教師にでもなろうかと思い
実際教師にしかなれなかった
「でも」が余裕ある態度を生み
「しか」が天職を支える心意気となる
「全員が生活指導部員たれ」なんてよく言うね
部の存在価値がなくなるのにね

確率・統計

校長先生には小柄で禿げた人が多い
地方出身者や婿養子の人もいる
国語教師の漢字間違い
数学教師の計算間違い
たまにではなく時々しでかす
家庭科の先生には独り者が多い
挨拶励行を強く諭す教師ほど

廊下ですれ違っても知らん顔だ
どの教科かは、あえて言うまい
クラブ活動に熱心な先生は何かしら家庭の問題を抱えている
いや家庭の問題を抱えているのは誰しも同じだ
喫煙者が肺癌になる確率は非喫煙者に比べて2倍から4倍
と、煙草の箱には書いてあるが
それでも煙草はやめられない

源三位入道頼政

目と目が合って
「頼政卿はいみじかりし歌仙なり」で始まる入試問題を
二人して採点することになった

赤や青さらには緑や茶色とペンを持ち替え
「去り行く人」と椅子を寄せ合う
藤紫のシャドーが似合う人
どんな色のセーターも似合う人

「改まって何ですが長い間お世話になりました」
「何を今さら……」「だって先生とは……」

鵺退治で名をはせた武人でありながら
俊成卿から「いみじき上手」と評された歌人頼政のように
「心の底まで詩そのものになりきって」と励まされた僕は
「時々メールを送ってもいいですか?
　だってあなたとは……」

サヨナラ

五十八の誕生日に五十四のユカシから
「おめでとう、あとしばらくは大丈夫だ」
ユカシのまわり五十七で亡くなる人が多いとか……

週に一度、ユカシとともに昼ご飯
いつもは「よし庵」その日は「つるや」
「ケイジも誘えばよかったな」
爪楊枝シーシーの帰り道、用水路に遊ぶカワセミ一羽
「すぐにケイジに報告しよう」

月曜日長い会議を終えた後、自転車漕いで家路へ向かう
ケイジを襲った心臓発作　五十七でケイジは消えた

煙草ふかしてケイジを偲ぶ
くそう、抗えないものが運命ではあろうけれど
くそう、くそう……上を向いてもこぼれる涙

ケイジはあの世からタカの渡りを見ているだろう

夕暮れ

「だいぶ　ようなったね
　歩いてる姿見て　そう思った」
声掛けられて爺さんは、帽子のつばに手をやって
にっこり笑って散歩を続ける
夕刊配達のバイクが二台
「オツカレ」と声掛け合ってすれ違う

友呂岐緑地を抜けて神田（かみだ）の旧道
ゆっくり我が家へ向かう僕は
「無病息災、一病息災」と呟いて
何一つ言い残すこともなく
突然この世から消え去った
一つ年下の同僚を思う
血圧が少し高めと聞いてはいたが……
「無病息災、一病息災」

報告

新学期早々
女生徒一人職員室にやって来て
僕に向かって大きな声で
「きのう、先生の夢を見た
　先生の前で唄わされ
　声が小さいと叱られる」
そんな一夜の報告だった

十七歳の夢の中で
還暦前の国語教師が歌のレッスンとは……

いやはや、何と応じていいものやら
「わざわざ知らせてくれてありがとう」

ところで
まさかその歌が
「君が代」ではありますまいな

京都水族館

遠足の雨バージョンも加わって
ことのほか賑わう水族館では
おにぎりを頬張った女子高生が
青いジャンパーの係員に叱られている
大水槽の前、壁際の長椅子は
老人に占められている

釣られて食べられたほうがええのか

水槽の中でぐるぐる回ってたほうがええのか
そやけど
ストレス溜まるやろな
ストレスをスパイスに、と言われてもな
しんどいな　かなわんな

また別の女子高生が
おにぎりを頬張りだした

肩

「陽射しが暖かいので
　肩の力を抜いて歩けそうです」
天気予報のお姉さんは
やさしく言った

秒単位の仕事をこなしながら
厳しい業界を
肩肘張って生き抜いているお姉さんが

「肩を落とす」なんて
多分ないのであろう

人の気も知らない
一月の陽射しが
さんさんと降り注ぐ
予報どおりの
一日だった

愛人

僕は愛人と同衾していた
手をつなぎましょうか
足をからませましょうか
新しいパソコンを買ったのだけど
接続がうまくいかないの
そんな会話まで記憶にあって
突然女房が現れた
「まあこんなことしてる」と言いながら

掛け布団を引っ剝がすので
思わず僕は手を離す

ヤマノイモのムカゴ数十粒
わさび醬油で食べた夜の
奇妙な肌触りの夢だった

愛人の名は、断じて言うまい

京都府立植物園

北山通りの「じん六」で蕎麦を食ったあと
植物園を散策していると雷鳴轟き
小一時間、売店の堅い椅子に座っていた

息子に厳しく問いつめられた夏だった
「酒が大事か　家族が大事か」
「俺はアル中ではない」と抗弁しても
「お祖父さんが酒で肝臓をやられたことを

まさか忘れたわけではあるまい」と
追撃された

何故「家族が大事だ」と
すぐに答えられなかったのか

雷鳴止まず雨しきりに窓を打ち
売店の蛍光灯は
点いたり消えたりした

海馬

まだ雨が降り続いているような
もう止んでしまったような
夕暮れです
飲み忘れてもいいような
飲み過ぎても大事ないような薬の包みを
母は手にしています

もう飲んだのかなあ

まだ飲んでませんよ
まだ飲んでないのかなあ
もう飲みましたよ
嫁と姑の会話が数年来続いています

お嫁さんでしたか
娘さんだとばかり思っていましたよ

医者の言葉が妻を支えているようです

やきもち

「この前
　バスの中で
　久し振りにときめいたのよ
　よく見れば……
　うちの旦那だった」
とは、朝っぱらから御馳走様だ

たまたま乗り合わせた御亭主に抱く

初老の女教師の
新鮮な情愛は
羨ましくもあり
妬ましくもあり

「妾宅からのお帰りだったら
　どうします」
と、聞きたくなった

文明

鉛筆というものがありましてね
とっても便利ですよ
紙というものがあれば
どこでだって
いつだって
書くということが出来るのですよ

ねえ、あなた
電車の中で
膝の上にパソコンを置いて
何やら両手の指を動かしている
あなた
とっても不便そうですよ
肩が凝りませんか
目がチカチカしませんか

言わずもがな

「メニューを見ようとしたもので」
お茶をこぼした客の言い訳に
「何でもありませんよ」と店の人は
素早くお膳を拭き終えた
言うに及ばなかった言葉の主が
料理が運ばれて来るのを待っていた

言わなくても済むこと

言わなくても済ませられればいいこと
二つの違いは大きい

打ち消された願いは
どこに届くのか

小首をかしげた飼い犬が
何をか言わん、と
吠え出した

絵本

絵本に夢中の一年生が
降りる駅になっても夢中のままで
扉が閉まる寸前、気付いたものの間に合わず
厳しく拒絶された扉の前で
ゆっくり、じんわり泣き出した
同じ車両に友達もいた筈なのに……
声も上げずに泣き出した

心優しい女子高生が声かけた
「次の駅から一つ戻って」と言うしかないが
「うんうん」とうなずいて一年生は
絵本を閉まって泣き止んだ

それにしても絵本の中身が気にかかる
女子高生よ、聞いとくれ
「何の絵本を読んでたの」

ずたずたな教師

何が面白くて教師をいじめるのだ
朝のスリットに帰りのスリット
自由出退勤だからこそ
持ち帰りの仕事にも耐えてきたのに
休日のクラブ付添いにも耐えてきたのに
息抜きのために煙草も喫うだろうが
校舎内禁煙だから外に出て一服すれば
「職務専念義務違反だ！　罰金を払え」

とは何事か
修学旅行の付添いをすれば
「アルコールは口にするな」
「業者からの土産はもらうな」……

悪しき慣習にはいいところがあった

締めつけてばかりの為政者よ
もう止せ、こんな事は

そうですね

インタビュアーの質問内容がどうであれ
「そうですね」と受け答えた最初の人が
王貞治さんだった、と
何かの本で読んだのだけれど
その本が何であったかは
「そうですね、忘れてしまいました」

王さんが偉大だから、他のスポーツ選手も

「そうですね」を使うようになり
外国人関取衆も先ず「そうですね」と答えている
それにしても外国人のお相撲さんの
日本語習得能力は優れている
全国津々浦々の英語教師よ
相撲部屋での外国語学習のノウハウを
「そうですね、直ちに見習え」

同輩

その人は黒いコートを着て
緑の座席に浅く腰掛けていた
眼鏡の枠の色と度の強さは
僕とほぼ同じだった
ボサボサの髪の毛の薄くなり具合や
ホウレイ線の刻まれた口元
下あごのゆるい曲線も

僕とほぼ同じだった
同い年なら昭和二十八年生まれ
花のニッパチと呼ばれた我々も
年が明ければ還暦だ
もう少し寒くなるまでは
コートを羽織らないことにしている僕ではあるが
もっこり厚手のセーターを着込んでいる

鮒寿司

夜七時のニュースが
暗い出来事を伝えたあとに
明るくその日を終えようと
「滋賀県の小学校の給食に
鮒寿司が一切れ添えられました」
と告げていた

「くさいけどおいしい」「ちょっとすっぱい」

屈託のない弾けた顔が幾つも並ぶ
八時のニュースでも、九時のニュースでも
同じ映像が繰り返される

十時のニュースともなると
「純米大吟醸を冷やで
　所望する小学生も現れました」
と付け加えてはくれまいか

ジグソーパズル

学びたい人に教えたいことがある
二つのピースが嵌ると教育は成り立つ

弟子が師匠に文句をつければ
即刻破門となろうのに
純情な生徒に授業評価の用紙を配る
糸鋸の刃が動きを止める

ベテラン教師に免許の更新を強いる一方
免許持たぬ者を校長に登用する
糸鋸の刃がボキッと音を立てる

やれ学級経営だ、学校運営だと
教育現場が商取引の相場と成り果て
折れた刃の数が進学実績とやらの成果ならば
学ぶ喜び、教える喜びは泡と消え
孔孟も草葉の陰で泣いている

最後の授業

生涯一教師、最後の授業に赴くと
後ろにずらっと同僚並び
花束と拍手をもらい受け感極まる場合もあろう

最後の授業に赴くと
生徒は揃って後ろ向き
示し合わせたブラックユウモア
そんな場合があるかも知れぬ

最後の授業でやんちゃが一人
両耳にイヤホン　何でやねん
最後の最後まで反抗的かと説教すると
そやかて先生の最後の声を聞いたなら
最後の声を聞いたなら
涙が止まらんようになってしまう
そんな生徒がいるやも知れぬ

民が代

「そうですね」とばかり受け答えしているうちに
「そうですか？」と問えなくなってしまい
「そんなことってあるものか」と
怒り出そうにもエヘラ笑うしかないまでに
人民は調教されてしまう

白地に赤く日の丸染めて　ああ美しい日本の旗は、と歌う人も
にほんのひのまる　なだてあかい

かえらぬ　おらがむすこの　ちであかい
と慟哭する母に同情するのが当たり前だ

三年生担任団の一人が生徒の門出を祝う卒業式に
君が代斉唱は不要だと起立しなかったにせよ
入学試験当日に呼び出し訓戒することはなかろう

他の教員の負担がいやまさる入学試験当日に
お上のご威光かざしゃあがる

大東市御領

小金屋食品の「なにわら納豆」を求めて
大東市御領まで自転車を漕いだ
水郷の面影が残る一角に田舟の浮かぶ水路
水路に泳ぐ金魚や鯉の動きに揺れるアメンボ
菅原神社で遊ぶ昔ながらの子供の声
集落の屋敷二軒に日の丸が掲揚されていた
秋のお彼岸の中日　旗日であった

白地に赤く染められた日の丸の似合う街並みだ
美しいとまで思ったのは
演壇でもなく運動場でもなく、まして校門でもなく
黒い板塀に寄り添うように立てかけられていたからだ
雨の下に口口口その下に龍と書いて「おかみ」と読む
府道枚方八尾線、御領東バス停脇に「龗神社」
農民は竜神に雨を乞うて糊口を凌いだのだ

伝説

五教科の試験が終わり、三時を少し過ぎた頃
一つの教室からさんざめく声が沸きあがった
「この教室で受験した者はみんな合格だ」
試験監督の大きな声が帰り支度の受験生を大いに喜ばせた

たとえ不首尾に終わろうとも
試練とやらに耐えてきた十五歳の群れに
この言葉は極めて心地好く響いたのだ

いや待ち給え
マニュアル通りに淡々と進める必要のある入試の最後で
不要な言葉を吐く教師がいるだろうか

いや確かにいた、昔はいた
牧歌的な学校にはいたはずだ

今や牧歌的との言葉は伝説となって
校舎の隅に潜んでいる

挨拶

たくさんの皆さん方の前でお話をするのはこれが最後です
きららさん、どこにいますか
入学後初めての中間テストを休みましたね
よく覚えていますね、と君は言ったけれど
教師の職業病で、ささいなことまで覚えています
玲於奈君どこにいますか
まじめな君に玲於奈という名はぴったりですよ
出席を取るたびに、年に五回の定期テストの採点をするたびに

その得点を閻魔帳に写し、伝票に書き込み
パソコンに入力するたびごとに
教師というものは、君たち個々の名前をインプットするのです
たとえ、きらきら輝く名前でなくても
玲於奈のような勇ましい名でなくても
トメコでも末吉でも君たちの名は
僕の頭の中を何度も行き来しました
それぞれの名前で顔かたちまでは思い出せませんが、スミマセン
それが定年というものです

歓送迎会

中間考査中の金曜日に設定するものだから
歓送迎会はかち合ってしまう
前の教頭は今の学校へ、今の教頭は前の学校へ
そそくさと挨拶を済ませ
七時十四分の新快速で、その次の新快速でと京都を去った

前の教頭は孫の可愛らしさをスピーチに添えて
今の教頭は着任するなり

「先生方、コンビニに行かれる時は、一言私にお声掛けください」
と声高々に言ったとか
続いて校長の挨拶があり、皆様方のご健勝を、と乾杯
我々退職者の挨拶は宴たけなわになってからだ
過去の人間に今のざわめきは耐えられないのに
管理職との宴席には一切参加しない主義のMさんと
主義はともかく串カツで静かに一杯飲みたくなった

西鶴

大阪人だから西鶴をやろう
西鶴なら暉峻さんだと思ったのだが落語した

天神橋筋の古本屋に「西鶴新解」が五分の一の値で出ていたので
財布の紐を緩めた

その著者広嶋君が京都での同窓会に駆けつけてくれた
持参した「西鶴新解」に著名を求めた僕に
「サインなんかすると古本屋に売れなくなるよ」

と言いつつ彼が見つけたのは
消し忘れた一二〇〇円の鉛筆書きだった

仙台出身の広嶋君が西鶴に求めたものを
僕も見つけなくてはならない
「再会を祝して」との言葉に答えなくてはならない

上本町四丁目の西鶴の墓に初めて詣でたのは
十七歳の春だった

東山パイン

「知ってるかい？」と題された僕の詩を
ノートに書き写してくれた女性がいる

七条通、三十三間堂の前を左に折れて
国立博物館の西側
京町家を改修した「喫茶パイン」を初めて訪れた日
ノートを差し出されサインを求められた
迷わずこのお店を同窓会の二次会に決めた

そのことが知れて当日旧友からからかわれた
一度はあってもいいことだが
二度とはないことだろう
コーヒーの香りに話が弾む

彼女の字体に僕の名がコラボする
「見て見て」と僕の心は騒ぎまくる
「知ってるかい？」このうれしさを

新年会

新聞の片隅に七十二歳の年男小沢一郎氏が
私邸で新年会を開いたとの記事を見つけた
見出しには「このまま老い死ねぬ」とある

正月と言えばカニすきの鍋を囲み
酔えば、教頭・校長任用試験の心構えを
後輩の先生方に伝授していた父親の姿を思い出す
カニの殻を出刃包丁で割いていた母の姿も付いてくる

俗に言うヒラメ教師の前で
挨拶させられる正月だった
昭和の末年に父が亡くなって以来
正月は静かなものだ

先日、パソコンに残された三男の住所録
居並ぶ上司の中で、ただ一人、部下との仕分けを見つけた

僕は親分も子分も持たなかった

お祝い返し

「今日誕生日やねん」
「そうなん、おめでとう」
という普通の会話をしたくても学校も会社も休みでは出来ません
同窓会の席で彼女の誕生日が憲法記念日だと知った

還暦祝いを兼ねた同窓会で僕は江戸切子のビアグラスを贈られた
赤と青の対を選んでくれたのは
妻の具合の悪い時を知っている彼女に違いない
さらに六十一までの一年はいかがでしたかと

アフターサービスのメールが届いた

五月三日を待ちわびて、「お誕生日おめでとう
　ようやくお祝い返しができました」
とメールを送ると
「めっちゃ嬉しいです。同窓会、参加したかいがありました
卒業して何十年も経つのに、恩師に誕生日を祝ってもらえる
　幸せな生徒より」
との返信が届いた

生徒は教師を選べない、教師もまた生徒を選べない
だからお互い、いい人に巡り合えたと
思い合うことが大切なんだ

有為転変

「あべのハルカス」が全面開業した日
お祝いに招かれた地元の幼稚園児百二十人ほどが
二百個の風船を大空に解き放った
「うわー、すごく高い」「通天閣があんなに小さいよ」
小学生の歓声がとどろいた

数十年前、飛田新地の夏祭り
神輿を担いだ小学生の囃子声

「娼妓のお姐さん有難う」と聞こえたのは白昼の幻か
「あべのハルカス」が全面開業した日
阪急十三駅前の飲食店街が焼けた
古い木造建築の飲み屋が一気に消えた
「しょんべん横丁」の三十六店舗は今後どうするのか
昭和のかおりが残る街が
そのかおりとともに復興することを願うのみだ

白内障

一昨日手術したばかりの母の目に
三度の食事後と寝る前に
目薬を差すのは妻か僕の仕事で
「さあ、おばあさん目を開けて」と瞼を挟み
「も少し上を向いて」
「しっかり目を開けて」と
小さな格闘が続いていたのだ

「目薬はちゃんと差していますか？」
白内障の手術を終えたばかりの母に若い女医が聞いた
「充血が残っています」厳しい口調で言った
「右目ですか？　手術したばかりですよ」と僕は言った
「代診であろうともカルテをよく見ろ」とは言わなかった

育児はだんだん楽になる
介護は日に日にしんどくなる

葉状腫瘍

妻の左乳房にしこりがあることに気付いたのは僕ではない
まして隣家のおっさんでもない
「あれっ?」と首を捻ってから一夏過ぎた二〇一五年九月五日
M記念病院八時半受付

「お熱もらいますね」
看護師さんは患者から熱をもらっているのかと驚いていると
「だんなさんは待合室へ」と指示された

「だんなさん」と呼ばれて船場の商人みたいな気分だった

朝刊を読み終えないうちに除去手術は済み
お昼には我が家に帰っていた
傷口を見せられながら、焦げ臭かったと聞かされながら
悪性でなかったことを喜び合いながら

ナイチンゲールは看護師ではない
看護婦さんだと強く思った

羨望

青年教師の頃、短詩の素晴らしさを
自作とともに教えてくれた旧友も退職し
久し振りの宴席で彼のブログを知った

陶芸を楽しみ、ソフトバレーに汗を流し
原発廃止の集会に出かけ、フォークの演奏会にも出演している
とりわけ庭の草花の写真がカラフルで僕のページとは大違いだ

羨ましくなって妻に伝えると
あなたは陶芸を趣味にしたいのですか、と問われた
バレーボールをしたいのですか、デモに加わりたいのですか
次々に追い打ちをかけられて、いいやと答えて
僕の羨望は一気に消えた

寝っ転がって本ばかり読んでいよう
野球中継を楽しみ、大相撲の初日を待っていよう
山で摘んできたゼンマイを天日に干して時折両手で揉んでいよう

大寒

「明日は真冬のような寒さになります」と
天気予報が言うものだから季節を疑いたくなった
暖冬でも冬でしょ、それも言うなら「真冬らしい寒さ」でしょ

翌朝、予報を超えた風雪が数百人を滑らせ転ばせ怪我させせた

家に籠もって新聞を整理していると
暮れの夕刊一面に背中合わせに微笑む二人
渋谷区が同性カップルに発行した

パートナーシップ証明書交付第一号の美女二人
「自分らしく生きてこそ」のカラー写真が鮮明だった

「いつまで泣いてるの、男の子でしょ」
「めそめそしないで、男らしくないわね」
雄々しく生きようとしても女々しくなることだってあるでしょ

それにしても美女二人、長い髪の美女二人
転ばぬ先の杖突いて言い寄ったとしても、けんもほろろの美女二人

ナースボタン

早よ食わんかい、言うたんが、えらい親父を傷つけてしもてな
それから二・三日、わしの前では飯食いよらへん
百過ぎた人間にも尊厳は残っとる
なんぼボケててもやで

腹立ったんはな、たまーに見舞いに来る親戚の言うことや
そばで毎日見てるもんのこと考えて物言えちゅうねん
——齢百二の御尊父を見送った人の本音が漏れる

ほんま今でもむかつくわ

この前の退院の時やけどな
何か忘れもんないかと、尋ねるとな
しわくちゃの顔でにこにこして
これ持って帰ると言い張りよった
そらあナースボタンやないか
押せばナースが飛んで来る

訃報

やっとのことで電話がつながり
どこやらの大学教授になっている人に
昔なじみの訃報を知らせた

いやあ忙しくってね
全国を飛び回っているんでね
なかなかつかまらないんだよ
僕のことはねウキペディアに載っている

誰が書いたんだろうね
僕の近況はそこ見ればわかるんだ

旧友を悼む言葉はなく
どこやらの大学教授は
ご自分のご活躍のご様子をしこたま話した

ああ耳が腐る
長らく御無沙汰の理由が判然とした

富士額

「お前は富士額やな」
お祖母さんに言われた生え際の裾野は枯れて
おデコの傷が姿を現した

乳母車に乗った僕の頭にはグルグル包帯が巻かれている
乳母車の前でお祖父さんは顔をしかめている
よちよち歩きの僕は石橋から川に落ち右のデコを数針縫った
六十数年隠れていた傷がアルバムとともに蘇る

寝たきりになったお祖母さんが牛乳をこぼし
どのページの写真にも白い跡の残っているアルバムだ

今は暗渠となった小川に僕は逆さまに落ちた
慌てたお祖父さんはすぐに飛び込み僕を救い上げた
ずぶ濡れの二人にお祖母さんは何と言葉をかけたのだろう
もうすぐ僕は祖父になる
そして妻は祖母になる

ひまわり

七十近い爺さんが言った
真剣に人を愛したことがなかった
女性と二人で映画を観たこともない

六十半ばの僕は思った
「ゴッドファーザー」は女性向きではなかった
「砂の女」は鮮烈だった
「ウエストサイド物語」の口笛と指音、高く上がった足の群れ

中でもとりわけ「ひまわり」だ
戦場での記憶喪失、計らぬ三角関係
夫を探し求めるソフィア・ローレン
僕の隣りには何度も涙を拭う人がいた

七十近い爺さんに老いらくの恋の指南も出来ず
自分の記憶力を確かめた
マルチェロ・マストロヤンニ　リュリュ　リュドミラ・サベリーエワ

祝詩

胸に手をやり遠くを見据え
憂いとやらに美しさを際立たせた西施さんが
アホラシと逃げ出すくらい今日のあなたはニコニコしてる

好きな人と結ばれる
雛壇に並んで座ってる
視線の先に彼がいる
見つめる瞳が潤んでる

幸せは歩いて来ない
だから歩いて行くんだね

何だこの歌、変な歌、と思っていたが
向こうから歩いて来てくれない幸せを
自分から迎えに行くということだった

あなたの引き寄せた幸せを、近くに引き寄せた幸せを
みんなの前で　披露宴

父を偲ぶ

校長先生が朝礼で話して下さったのですね
うちの子、弁当箱を綺麗に洗って
「お母さん、ありがとう、美味しかったよ」と
言ってくれるようになりました

その校長先生とは、僕の父親だが
洗い物をする姿なんて見たことがない
即席ラーメンを作る姿もぎこちなかった

晩年、今、僕が使っている机に頬杖を突いて
前栽を見遣っている写真が残っているが
その頃、すでに肝機能は衰えていたのだろう

雙光旭日章の父である
若くして教頭になり、僕が大学生になった年、校長になった
教壇に立った年月より管理職でいるほうが長かった父である

前栽に植えたホトトギスとツワブキが今、見事に咲いている

ヒロムちゃん

また、たんねに来ますよって
大根の間引きや玉葱苗の植え付けをヒロムちゃんに教わって
退職後の畑仕事は順調だ

小学校一年の僕は班長のヒロムちゃんに迎えに来てもらって
集団登校の列に加わった
以来、ヒロムちゃんの教えには従順だ

クマゼミはカタビラと言った

竹の棒の先にトリモチを巻いてもらった
川ざらえをジャッカエと言った
フナやナマズを一緒に掬った

ドウマをした、ケンパをした
ハチニクタンがどんな遊びだったか忘れたけれど
面白かった

ヒロユキちゃーん　僕を迎える声がする

郷愁

三年前の夏　猛暑日の続く一日
昔を懐かしむ気持ちが不意に沸き上がり
小学校一年の担任の先生宅をアポなしで訪れた

年賀状では、「一度お会いしたく思っております」と、書いてばかり
「詩人さん」と優しく答えて下さる先生に半世紀振りにお会いして
半世紀前の童顔を直ちに思い出してもらった僕は
「お変わりありませんね」と九十三歳の先生に言ってしまい

さて、何歳の頃の先生と比べてなのかと
後の祭りの自問が残った

「小学校の周りの広い田んぼには美しい菜の花が
一面に咲いていた様子が今も忘れることができません」

歌人でもある先生の言葉に幼い日々は彩られ
八回目の年女の先生に読んでもらおうと
僕は草稿を手に取った

追悼

桂米朝八十九、桂春団治八十五
相次いでこの世を去り悲しみは深い
白く眩しい姫路城を眺め兵庫県立歴史博物館
特別展　人間国宝　桂米朝とその時代
米朝さんが春団治さんに贈った「親子茶屋」の自筆台本
細かく丁寧な筆の運びに心を奪われた
師匠米團治作の「代書屋」を受け継いだ米朝さんが

春団治さんに稽古を付けた
その出来があまりにもよかったので
米朝さんはその後「代書屋」を高座に掛けなくなった
確かに春団治さんの舞台では登場人物の目線の動きが見えてくる
一行抹消　筆の動きも見えてくる
京阪萱島駅前、居並ぶたこ焼き屋さんの中に昔はレコード屋さん
桂米朝上方落語大全集が出るたびに買い求めた店がある

喪中欠礼

親戚のマサトさんに若松まで迎えに来てもらって
奥会津昭和村へと車は進む　道の両脇は雪の壁

太ーいゼンマイに驚きながら
義母のお通夜の席に着く　降り止まぬ雪

モロコシ食わねか
孫たちに勧めるキミばあの声が真っ先に蘇る
孫の一人はビビ婆ビビ婆と呼んでいた

秋に一度来てみらっしぇ　きれいな紅葉だぞ
勧める顔は誇らしかった

翌朝、柳津の葬儀場へと向かう送迎バスに手を合わせ
深々と頭を下げる人を見た

骨上げを終えて雪景色の中にうごめく黒点を見つめていると
雪虫だあ、そいつが出るともう春だぞ
義理の兄さんが教えてくれた

君に

何千人もの教え子の中に
とっても素敵な君がいる

ハーゲンダッツを一緒に食べた
十五の可愛い君がいる
何度か二人でお酒を飲んだ
三十路の綺麗な君がいる

還暦をホテルの中華で祝ってくれた

大事な大事な君がいる

寒中見舞いを送ろうと思いつつ桜も散りましたね

メールが届いて七月八日、枚方公園十時半ごろ待ち合わせ
絶叫の滝バッシュで水しぶきを浴び
割烹藤でランチして鍵屋の大広間で写真を撮った
障子を開ければ淀川左岸
一日遅れの天の川　出会ってもうすぐ三十年

僕は君に撮ってもらった写真をフェイスブックに貼り付けた

女生徒

退職後四年半過ぎた今でも一人の女生徒を思い出す
夏休みの一日
図書当番の僕が三階の渡り廊下を歩いていると
軽音楽部のミーティングの輪の中から大きな声で
「みんなの大好きな赤井先生」
と投げキッスを送ってくれたのだ
僕はギクッと胸を押さえ大げさによろけながら

みんなの答はないにせよ、と思っていると
「とてもいい先生」とまで言ってくれるものだから
「どうでもいい先生だよ」と答えて喜びを静めたのだ
外国籍だとすぐにわかる名字で
だからこそ明るく振る舞っているのかとも思ったが
いや、そうではなくて、根っから明るい性格で
卒業後の今も元気いっぱい、弾けていると思いたい

奪衣婆

高田馬場にＢＩＧＢＯＸが出来た頃
鉄腕アトムの壁画が描かれるずっと前
諏訪町に下宿していた僕は戸塚第二小学校前の掲示板
硝子戸の中の「しょうづかの婆さん」の写真を時々覗き見た
武蔵関のアパートに移ってからも登校途中で覗き見た
学生時代に一度だけ熱を出して寝込んだ時に
アパートの薄いドアーの向こうにリンゴを二つ手に持った女性が

幻のように現れて嫁御前になるのだが以来四十年
悲喜こもごもの四十年
多分、僕が先にこの世におさらばして三途の川を渡ることになる
待ち合わせ場所は「しょうづか婆さん」の待ち構える岸辺だ
やれ六文銭がどうのこうの、婆さんがうるさかろうが
婆扱いは手慣れたものだ
待っているからすぐに来い

あとがき

枚方西高校と統合されて、今は枚方なぎさ高校と名を改めた磯島高校の図書室で次のような詩を作った。十五・六年前のことである。

図書室にて

僕の目線　百メートル程先、淀川の堤防を
リハビリの為に杖をつき一足一足
大きく体を揺らせて進む人の姿が見える

僕の背中には
英語に社会、理科や国語の先生の声が
朗々と響いている

数分おきにドンと空砲が鳴り響き
ついばんでいた稲穂から慌てて飛び出す小鳥の姿が
どこかへ飛び出してしまいたい僕の気持ちを刺激する

「筆は一本、箸は二本、衆寡敵せず」
斎藤緑雨は病んだ体に鞭打った
樋口一葉には奇跡の三年があった

飛び出してみたところで飲まず食わずではいられない
路頭に迷う家族の姿を思い描いて
自問自答の答えはいつも一つところに回帰する
定年まで働こう
教壇で声を響かそう

淀川左岸に広がる田畑の光景が今も目に浮かぶが、牧野高校での十年（内五年間の部分休業）を経て三十七年間の教師生活を終えたのは二〇一三年（平成二十五年）三月のことである。世間が三連休だと騒いでいるのに、またクラブ付き添いかと愚痴をこぼしていた頃が懐かしい。毎日が日曜日、仕事の上では何ら明日の憂いが無くなって張り合いも無くなって、とならないために定年を挟んで前後五年の心情を整理してみることにした。

父親の没年齢六十五に随分長くこだわっていたが、何とかそこはクリアできた。前作『次に会う人』と『待ち合わせ』するのが何よりの楽しみである。

末筆ながら編集の涸沢純平さん、装丁の松田彰さん、いつもながらお世話になりました。深く感謝致します。

平成三十年（二〇一八年）一月　六十五歳を前にして

赤井宏之

赤井宏之（あかい・ひろゆき）
1953年（昭和28年）大阪に生まれる。
1976年（昭和51年）早稲田大学第一文学部日本文学科卒業
　在学中、同人誌「杜」「起源」に詩や小説を発表する。
1976年（昭和51年）大阪府立交野高等学校に着任
1984年（昭和59年）母校、清水谷高等学校に赴任
1998年（平成10年）磯島高等学校に転任
2003年（平成15年）牧野高等学校に着任
2013年（平成25年）退職
詩集に『ウ・カンナム氏の軌跡 '70〜'81』
　　　『続ウ・カンナム氏の軌跡』（1998、編集工房ノア）
　　　『次に会う人』（2010、編集工房ノア）
住所〒571-0072 大阪府門真市城垣町19-2

詩集「待ち合わせ」
二〇一八年一月二十二日発行
著　者　赤井宏之
発行者　涸沢純平
発行所　株式会社編集工房ノア
〒五三一―〇〇七一
大阪市北区中津三―一七―五
電話〇六（六三七三）三六四一
FAX〇六（六三七三）三六四二
振替〇〇九四〇―七―三〇六四五七
組版　株式会社四国写研
印刷製本　亜細亜印刷株式会社

ISBN978-4-89271-287-6